名流詩叢 57

帛琉觀點
Palauan Perspectives

〔帛琉〕賀瑪納・拉瑪瑞（Hermana Ramarui）◎著／李魁賢（Lee Kuei-shien）◎譯

帛琉正要迎接旅程的黎明。
帛琉不希望進入另一個黑暗時代，
而選擇歡迎太陽東升。
終於，帛琉在群星下誕生啦。
帛琉不會等待群星降臨。
而是邁步迎接民族意識的群星。

自序
Preface

　　謹在此提供特別訊息給我所尊敬的讀者。感謝容許與台端分享我的思惟。希望台端會欣喜閱讀本書，就像我欣喜為此寫作一樣。有些詩的選用很嚴謹，有些則相當隨意。然而，在領略上帝和祂的創造，每一首詩的選用都有其重要地位，是可使生活美好的重要組成部分。盼望本書中表達的理念，能為台端生活增添價值和樂趣。台端身為讀者，只要單純加以深思，設法由此引發台端自己觀點，就能增加意義並豐富我的思惟。台端的深思、台端的思惟，都能修飾選用的每一首詩，給以增添光彩，賦予只有台端能賞賜之美。本書中表達的理念一旦呈現在讀者眼前就可確定，不勞讀者寶貴的思惟。我們是這項思考過程中的夥伴，感謝台端使本書完整。

目次

自序
Preface   003

天上的神耶和華
Lord God of Heaven   011

憲法
Constitution   013

我的宗教行為
My Religious Act   015

身為帛琉人
Being a Palauan   017

帛琉　第 1 首
Palau, No. 1   021

帛琉文化
Palauan Culture　023

戰時
War Time　026

帛琉重生
Palau Reborn　033

給帛琉
To Belau　036

青年的呼籲
Calls of Youth　038

帛琉　第 2 首
Palau, No. 2　041

覺醒
The Awakening　049

姊妹區再會吧
So Long Sister Districts　062

未完成
The Unfinished　066

祈禱
Prayer　069

孩童
Child　　070

成為最佳地方
Best Place To Be　　071

我的老師
My Teacher　　073

給老師
To The Teacher　　074

教育
Education　　075

青春
Youth　　078

我是
I Am　　080

意義創造者
Meaning Maker　　082

我是誰？
Who Am I ?　　084

今天　第 1 首
Today, No. 1　　086

今天　第 2 首
Today, No. 2　087

上帝，我們慈愛的造物主
GOD our Loving CREATOR　088

顏色
Color　092

善良
Goodness　095

人生
Life　097

觀點
Points of View　099

與月亮對話
Dialogue with Moon　101

蝙蝠談論
Bats Talk　103

彩虹
Rainbow　104

夜晚
Night　106

鉛筆
Pencil　108

黑螞蟻
Black Ants　109

地球
Earth　110

成就
Achievement　113

愧疚
Guilt　116

我
I　119

交會
The Rendezvous　122

第二子宮
Second Womb　125

自由
Freedom　131

關於詩人
About the Poet　158

關於譯者
About the Translator　159

天上的神耶和華
Lord God of Heaven

祂被稱為造物主。

祂創造你。

祂創造我。

祂創造我們所有人。

讓我們認知祂。

我們看不到祂。

我們聽不見祂。

我們碰不到祂。

但祂存在。

讓我們認知祂。

祂有身體嗎？
祂有嘴嗎？
祂能看到我們嗎？
祂能聽見我們嗎？
只有祂知道！

我們看不到祂。
我們聽不見祂。
我們碰不到他。
是的，祂確實存在，
但我們缺乏器具。

憲法
Constitution

最好的法律是基於現實和內在價值的法律。

外來強制的法律並不是最好的法律。

確實無人能夠使法律良善可行，

除非是法律為之特別制定的對象。

引進的法律是最糟糕的無政府主義者。

內部制定的法律是最好的憲法。

最佳憲法不需要寫成書面。

因為最佳憲法是寫在良心上。

那些擔心沒有為他們寫下書面法律的人

只有一種恐懼，就是恐懼他們無法無天。

對不成文法律沒有信心的人劫運難逃。

他們對成文的法律沒有信心。

最好的法律是成文或不成文均有效的法律。

帛琉法律是基於需要、習俗和價值。

帛琉憲法最能指導帛琉人民。

基於帛琉習俗、需要和價值的憲法最佳，

帛琉人不該要求任何其他。

我的宗教行為
My Religious Act

讓我來解決

避免不友善對待。

讓我來解決

不會傷害任何人。

讓我帶來快樂,

對我和其他人來說

都是至高無上且卓越。

讓我來解決

付出愛的行動

給我的同胞。

讓我來解決

不會輕視任何人。

但讓我來解決
身為鏡子
感受成長的地方。

讓我成為通往神的階梯
因為其他人是我通往神的階梯。

身為帛琉人
Being a Palauan

帛琉，不是物件

是生存狀態，

是才能

也是自由。

那是生命

具備行動能力

並加以反應。

本身是一個中心

不依附於任何事物。

認為合適

就自由採取。

不再需要時

隨即捨棄。

這就是自由，
是有能力
使用和丟棄，
能夠行動並面對
新的現實。
那是有動力
可以往許多方向
成長。
一個人只是一個人，
帛琉群島是一個國家
為這個人所依附。
此人一旦不敢學新
就不再是帛琉人。

帛琉人認識到變化

是成長的一部分。

必要時會脫皮。

也認識到自己的身份

每天為自己增加新皮膚。

具有創造性和適應性

一路採用新術語。

回顧過去旨在提供建議。

今天籃子裡是

捕食東西。

歡迎新技術,

作為達成手段。

其存在本質,

所需要的基礎,
製作堅固、有效率
以探求未來。

帛琉　第 *1* 首
Palau, No. 1

　　什麼是帛琉？

　　是一個地方嗎？

　　是一個人嗎？

　　是一個概念嗎？

　　給我看看帛琉。

　　誰創造了帛琉？

　　是上帝創造的嗎？

　　是西方人創造的嗎？

　　是帛琉人民創造的嗎？

　　給我看看帛琉。

帛琉是我們的國家。
上帝創造的。
是西班牙的孩子。
是德國和日本的孩子。
是美國的孩子。
帛琉經歷過變化。

那麼帛琉是什麼？
帛琉是我們大家。
是知識、觀念和思想，
有關帛琉的任何事。
是陸地，是海洋
是空氣、風和上方空間。
是你，也是我。

帛琉文化
Palauan Culture

文化！
「要維護，」他們說。
我說：「請告訴我。
什麼是帛琉文化？」

帛琉文化是
一種生存狀態。
是人，
生活和成長。
帛琉文化
活生生。
是現在，不是
昨天也不是以前。

昨天的帛琉文化
已經死亡,
因為缺乏
活在今天的
帛琉人
今天的需要。
這些人就是文化。

處理過去,
應該照道理。
我們愚蠢之處在於,
嘗試重新創造,
藉嘗試複製

不切實際的過去

那些歌曲

走調啦。

戰時
War Time

所以那是在戰時，

日本與美國之間大戰。

參戰的人知道他們為何而戰。

他們使無辜者成為受害者。

被動的本地人生活在恐懼當中，

驚訝於那些人造鳥，

像群蜂在天空飛來飛去，

肉體折磨變成精神庇護所。

到處遷居的本地人

各地漂泊，奇怪

怎麼真的找不到安身地方，

他們被動參戰是為了消除恐懼。

強權之間一旦發生戰爭
恐懼就變成唯一的本土財產。

如今是和平時期，
日本與美國之間和平。
但本地人仍在為某些事情鬥爭。
無辜受害者現在變成罪人，
犯行或許源自於無知。
或許懶惰是一種慢性病
正在將他們推向厄運。
所謂驕傲是他們喊叫的力量，
在探求號稱獨立的目標。

但戰爭仍在繼續進行。
美國確實厭倦支援，
但繼續幫助當本地人努力手工
編製自殺繩索。

別告訴我戰爭已經結束。
破壞不會帶來和平。
美國前來教導美好事物，
美好事物加上舒適。
與本土商品相較，
大自然提供原物料。
我們本地人是多麼貪婪的生物。
美國知道如何誘導心思，

有太多需要滿足時
就談論撤離。

斜眼的當地人站在十字路口。
以同等欲望注視雙方。
但無論如何選擇都沒什麼差別,
戰爭在故弄玄虛的言詞背後進行
故弄玄虛是在關起門來的背後進行。

別告訴我們你有多累。
我們已經太清楚,
你房子後面的人受苦受難,
你以為我們所得是剝奪了他們。

Palauan Perspectives

你還以為你的錢是被那些
甚至不知道如何流汗的人所浪費。
朋友們呀,那可能是真的,
我們已不知道如何流汗。
這可能已經是事實。
而你知道你在此播種過什麼嗎?
你知道你的種籽種在哪裡嗎?
對,你在這片窮人的土地
成功播種財富在眼睛和心上。
告訴我呀,有什麼可以改變我的朋友們,
來滿足我貪婪無厭的心,
我貪婪無厭的心和眼睛是你種在這裡的嗎?

很久以前的故事,
活在很久以前的人告訴我,
當地人很久以前遭受過苦難,
在列強之間發生戰爭時。
美國,這位本土的善妒配偶,
不斷提醒他們要負擔支援。
而本地人則感到無力和無助。
驅使他們去革命有罪嗎?
掠奪最富有的人有罪嗎?
在這和平時期,富豪提供窮人的土地
比他最小的莊園還要小的土地,
微薄的嫁妝,有什麼損失?
本地人,在戰時,只有一年,

活在不請自來的不可估量痛苦之下,
如今承受罪名是掠奪、掠奪、掠奪那些
向他們鬥爭、鬥爭、鬥爭的富豪。

帛琉重生
Palau Reborn

國家在群星下誕生時
民族意識隨即在國內生成。
莊嚴尊重上帝之手
在個人內心充分展現。
水是劃分地區的邊界,
正如空氣和空間將個人分開。
宣告分離並非惡霸行徑。
此項宣告符合神聖的舉動
且充分認知上帝的事業。
人為的統一不切實際且代價高昂。
分離的決定操之在地理區劃、
神聖設計、語言和習俗的抽象多樣性

所表達的具體象徵意義。
對帛琉人來說，意識是在分離生活中誕生。

帛琉民族在群星下誕生，
那是指導祖先的群星。
他們早就享有充分內部管轄權。
一個否認自治之美的民族，
是上空的民族意識群星不亮的
民族，也是腐朽停滯的民族。
帛琉冬眠過一百多年。
帛琉的動態天性已經看到晨星
在東岸閃耀無盡的光芒。
帛琉正要迎接旅程的黎明。

帛琉不希望進入另一個黑暗時代，
而選擇歡迎太陽東升。
終於，帛琉在群星下誕生啦。
帛琉不會等待群星降臨。
而是邁步迎接民族意識的群星。

給帛琉
To Belau

喂,帛琉呀。

覺醒喔。

要對帛琉投反對票,

動用你的常識。

帛琉呀,你看不清楚嗎,

團結是莫名其妙。

因為對帛琉來說,

成為人家一分子沒有意義。

帛琉並未獲得自由。

實際感覺是綑住帛琉。

不要對帛琉投贊成票!

贊成的實際感覺就是殖民地。

自治才是真正目標。
自力更生是成長的標誌。
帛琉呀，這是你年輕民族的名字。
自力更生是你成長的絕頂。
自治是人人在完全成長中
扮演的根本行業。
選擇統一是極大的恥辱。
小小團結阻礙帛琉的發展。
要投反對票並扮演榮譽的行業，
以承擔自己的責任為榮。
利用你的能量達到完全燃燒。
要投反對票以帶領帛琉健康成長。

青年的呼籲
Calls of Youth

長輩們,給我們生命吧。

停止殖民網路。

開啟自由之門吧。

切斷細索吧。

團結就是監禁。

自治的希望在你們身上。

你們已經被囚禁久久。

那不是你們的選擇。

剪斷臍帶吧

這是我們與外國子宮的連結。

產道是你們的

不是開啟,就是封閉。

親愛的長輩們,必須開啟呀,

讓我出生和生活。

你們也可加以封閉

而詛咒就會降臨到我頭上。

讓我像祖先那樣生活吧。

請給你們子孫

有和你們不同的生活。

民族意識的群星

如今在我們家門口閃亮。

順從我們民族群星的呼喚吧。

先賢呀，請給我們自由吧。

讓我們的民族重生。

別讓群星再度黯然失色。

黑暗時期

已經太長久啦。
別讓你智慧的種籽
永遠逃避我們的意識。

帛琉　第 *2* 首
Palau, No. 2

活力充沛的帛琉

就好像

一位小孩子。

出生和

幼年時期

不在於

按照原本製作。

但從此

帛琉就是帛琉的

責任

沒有別人代勞。

重建

帛琉

是艱苦的

現實。

困難在於

那個現實的

核心。

無法藉口

不可能之事。

帛琉必須開始

自己

挑起擔子,

或許

不是全盤

但至少

必須

有自己的想法

還要有自己的規劃。

帛琉自己要有作為

必須尋求

現實的目標。

具有現實的目標

帛琉可以

在負擔得起的

能力所及範圍內

建造活力充沛的經濟。

帛琉必須檢查

需求和願望

以及本身資產的

現實

並且必須充分利用

一切潛力

必要時

自己建立。

帛琉本身
必須要擺脫
一切不必要的
外部責任，
本身也必須附帶
那外部資產，
是需要能夠成長的
唯一資產。

所以帛琉應該是
本身團結一致
意即內部團結的
帛琉。

帛琉是一個實體，
完整的實體，
知道想要和需要什麼
以及從哪裡可以得到的
實體。

單獨
從事自己
思考
從事自己
規劃
何者要
啟發去從事

以建構

民族

不管大小

但要求品質。

帛琉正在

成年。

正在進入

成年期。

必須自行建構

成為民族，

透過接受和採用

那些塑造

民族的屬性
是什麼,
民族
不在於依賴性
而是責任!

覺醒
The Awakening

智慧與才能，

領導藝術，

勤奮，

帛琉人民

這些優勢特質

和活力憲法

早已埋沒

在外族

統治之下。

讓這些特質

成為我們過橋時的

安全手段

我們必須經歷過

才能迎接自由

民族意識

那已經被帛琉人

失去感覺

百年

或以上。

分離主義運動

民族意識所引起

是帛琉已經成年的

標誌

並且正在周圍

相似島嶼

當中

認識到

其獨特形象。

呼喊要求自由

是呼喊要求鬆開

那人造束縛,

所謂密克羅尼西亞統一

試圖加以束縛

成為一個堅固實體

不尊重龐大海水

將彼此分開。

分離主義運動

是人為和

神話概念的

成熟意識

沒有傳說可以支持。

分離主義者認識到

夢想民族

所謂密克羅尼西亞民族的

夢想本質與幻思,

本身為分離而奮鬥

以求實現

內部統一和力量。

帛琉只有透過分離

民族才能誕生

就可以形成帛琉人
生活並享受
自治的
尊嚴。
這就是根本目標
以及有價值的探索
而帛琉正在擺脫
以成就可能。

密克羅尼西亞統一
即否定
帛琉人民
管理他們島嶼的

意識以及固有權利。

帛琉想要分離

出於本身的自尊

並且相信

其他區域也值得

過他們的生活

不需支付他人費用,

脆弱的島嶼,團結一致,

也無法建立強國。

帛琉統一也永遠不會

提升自己成為民族,

因為會用做枴杖來支撐

和自己一樣弱小的其他民族。

統一會滋生依賴。

統一會滋生仇恨。

帛琉知道

依賴與仇恨

有損成長

尤其是民族成長

那是剛從殖民地雞蛋

孵化出自由。

帛琉正在避免

被當作柺杖

脫離本身有限度

實力和能力的

現實，

並且脫離意識

認為在如此情況

只會延長

殖民主義

會導致

遲緩帛琉人

成長速度步調。

將會阻礙帛琉目的

在內部自主

和自治。

帛琉正站在

十字路口

要決定應該走

哪條路。

聯邦的電流

不斷敲打

通向分離的

門。

帛琉人比以往

更加全心全意鬥爭

要從外國人手中

收拾帛琉。

為帛琉人拯救帛琉

從外國人手中拯救帛琉

把帛琉保持在

深愛帛琉的人手中,

帛琉人本身,

是目的,是不斷呼喊

尤其是那些人民

相信一種信念

帛琉已經準備好

負起本身的

責任。

所以當

分離主義者

試圖搶奪

外國支配下的

土地，

宣稱他們正在

為帛琉人拯救帛琉，

統一運動鬥爭

正如放回

外國人手中，

宣稱要

從地方腐敗

拯救帛琉

同樣艱難。

又因為

恐懼和不信任

使統一運動

本身誓言

要統一保持

一勞永逸。

正是因為這些原因

致使帛琉分裂。

最高酋長們

賦有力量,

加強統一運動。

酋長們的呼喚

很難反對。

也因為如此

差距為

55% 對 45%

贊成分離。

為分離而鬥爭

又難又艱苦

而價值，雖然

頂多是邊際價值，

仍然是，

堅強而結實。

姊妹區再會吧
So Long Sister Districts

親愛的姊妹區呀，有些事我們必須面對。
在某一時機點，我們必須採行分離的道路。
我們必須按照分離心情所指揮走我們的道路。
長期以來，我們在外國牽制下已經是親密的朋友。
如今，讓我們維持友誼不變，但解除任何牽制。
姊妹們呀，真正友誼不需要牽制，而是自由。
讓我放開吧，按照自己的步伐成長，以免死掉。
只有自由的引力可以保證我們的友誼。
因為在不自然的統一中，自由的毒素無窮盡。

親愛的姊妹區呀，有些事我們必須面對。
全能的上帝給每個人一塊分離的屬地。
就像樹一樣，我正在成長，所以需要陽光。

讓我們設定邊界來分離不同的屬地。
我們就像樹一樣,正在成長,確實需要陽光。
站得太近,糾纏的根會阻礙我們成長。
站得遠,可以淋浴新鮮空氣和陽光。
讓所謂自由的空間成為我們的指南針和旅遊指南。
自由會讓我們走向天堂,到達我們共同目標。

再會吧,親愛的姊妹區呀。
自力更生的王國是我們的烏托邦。
讓我們搭乘不同的船一起飛馳。
但我們要朝平行方向一起飛馳。
讓高度自尊的引力指導我們。
讓我們盡本分,使我們變得堅強。

六胞胎是我們的本性，賦予我們相同皮膚。
異色的心深藏在我們外貌相似的下方。
為我們分離的心意，讓我們表達感激之情。

親愛的姊妹區呀，有些事我們必須面對。
我們的力量有賴於我們彼此分離。
如果我們現在不分離，親愛的姊妹區呀，
我們其中之一，你或我，將會享樂或受苦。
統一會更加堅強，寄生蟲也會強壯。
在適者生存奮鬥中，強者才會獲得新鮮空氣。
有些永遠寄生蟲，攀爬侵食別人的屬地。
但在分離時，我們給予本身應有的信任與尊重。
靠我們自己的汗水，自力更生是我們的領域。

親愛的姊妹區呀,讓我們不要聯姻。

亂倫是詛咒,我們決不可成為本身的受害者。

讓我與分離結緣;我必須抱持自力更生的烏托邦。

為了擁有健康的後代,我們必須互相克制。

分離的精神必然是我們探索空間的翅膀。

讓我們不要使孩子們成為彼此的俘虜。

要讓他們的心站住立身之處,而非其他地方。

親愛的姊妹呀,統一是自然而不實際的外國工具。

分離的祝福可使我們擺脫彼此的強制。

未完成
The Unfinished

你向我們介紹
你所知道的世界。
為什麼沒有適當計畫呢?
為什麼沒有保證呢?

你向我們展示的事物,
是我們喜歡的東西
也是我們可以使用的東西,
但是並沒有保證。

這樣還不夠。
批判聲調不會停止。

有一些需要尚未跟進。
野蠻人被訓練一再歌頌。

如果你聽到批判聲調,
那不是針對你做過的事情。
而是你還沒有做到的事。
期望你再努力。

如果你沒有計劃準備
後續的需要和願望,
為什麼一開始
就把你的世界暴露給我們?

野性之歌是批判性歌曲。
這些歌曲都很有意義。
高貴的野蠻人用混聲歌唱。
想把很多事情堅持下去。

祈禱
Prayer

我相信上帝並且

我相信祈禱

我有時會祈禱

我時時刻刻祈禱,

尤其是

有事的時候

我真的想要或需要祈禱

因為

我相信上帝的力量。

孩童
Child

母親呀,我是孩童,妳不知道嗎?
正如妳所見,我有耳朵,能聽到一切。
我腦筋沒有耳朵,很難知道,
母親呀,妳知道嗎,是理解的耳朵喲。
要有耐性,母親呀,耐性是我唯一的要求。
如果我看起來很固執,反而是無知。
母親呀,當我顯得固執時,那是因為
我不懂妳在說什麼,母親呀,妳知道嗎。
當我確實什麼都沒做的時候,
母親呀,請妳瞭解,那是一種跡象。
所以母親呀,請妳,請妳讀那無聲的跡象。
母親呀,會以最安靜的方式告訴妳,
在妳繼續為我創造的世界上
母親呀,我不知道要如何動彈。

成為最佳地方
Best Place To Be

「哪裡是最佳地方?」
有一天,一隻小蝸牛在問。
「孩子,我怎麼能替你說話呢?
我只知道如何為自己說話,」
蝸牛媽媽說。
「但是適合我的東西
也可能適合你
一樣呀,」
蝸牛媽媽繼續說。
「哪裡呀,媽媽,哪裡呀?
說出來,我可以學呀。」

「還有哪裡對我最佳呢？

還有哪裡我需要知道？

還有哪裡是我必須去過？

還有哪裡我自己可以居住呢？

對我最佳的地方

我需要的地方

我最佳居住的地方

就是我稱呼自己的地方！」

我的老師
My Teacher

給我灌輸學習的希望。

讓學習充滿希望而不是絕望。

讓希望

成為我的學習工具。

希望會幫助我舉起雙手。

幫助我鼓起勇氣。

我確信希望會幫助成長

那不可缺少的東西，我稱為

熱愛學習。

給老師
To The Teacher

成為我最愛的老師吧。

不敢告訴我什麼是什麼。

只是高高在上的星空。

並讓我選擇天高。

在我頭腦架設長腿——好呀!

只要能在你的課堂上感動我的生命。

教育
Education

「什麼是最好的教育？」
一位小孩問。

「是跟老師交談嗎？」
一位小孩問。
「是跟朋友交談嗎？」
一位小孩問。

「是跟母親交談嗎？」
一位小孩問。

「是跟博士交談嗎？」
一位小孩問。

「是跟老人交談嗎?」
一位小孩問。

「是跟小孩交談嗎?」
一位小孩問。

「是跟小鳥交談嗎?」
一位小孩問。

「是跟小魚交談嗎?」
一位小孩問。

「是跟美麗花朵交談嗎?」
一位小孩問。

「是跟植物交談嗎?」
一位小孩問。

「這些都是良好的教育,」
母親說。
「但是最好的教育,」
母親建議說
「是跟你內心的低聲交談。」

青春
Youth

你是遊樂場。
也是休閒地。
你是貯存愛和關懷的寶箱。
生活負擔和憂慮避開你的途徑。

福氣無所不在，何必到處找？
你一邊追逐，一邊絆倒，
有一天你發現專注的事情無法抵擋，
不免會渾然忘掉未來。

人生就像河流，是一條不歸路。
反對是禁忌，水域會忍。

航道出處,懷舊心情願回歸,
成年陸地出現負擔,但拒絕「歸還」。

啊,青春的眼睛就像魔術。
將經驗變成快樂,創造當今美好回憶。
魔術是你的,趁目前有能力,立刻投資!
舊鏡頭裝滿生活的苦澀和負擔。

離開河流前往成年陸地時,
汙垢害人的霧氣就在場。
你就會瞭解,往日美好生活不再屬於你。
遊樂和休閒已是過去的事。

我是
I Am

我做得好,別稱讚我。
我做得不好,也別責罵我。
好和不好都是我的局部。
我是微不足道的生命。
我的微小生命即所謂人。
皮膚就是我的服裝。
保護我免受外來危險。
適合我正好是如此這般。
很高興,始終適合我。
內在的我,有好也有壞,
組合成我完整的生命。
人的完整生命
隱藏在那完美的皮膚內。

善良屬於上方天使。

邪惡屬於下界魔鬼。

我只是夾在中間的微小生命。

讚美是為了多出的東西。

我確實沒有多出什麼。

責罵是為了減少的東西。

我沒有減少什麼。

承認我那生命，

不少也不多。

意義創造者
Meaning Maker

「我」──我是什麼?

我是應時的生命。

有任務在等我。

我獲得工作空間。

我獲得一些種籽栽植。

我獲得工具來協助。

我獲得時間操勞。

為使土壤有生產力,

「我」──意義創造者,

必須給那土壤,

最後感動。

如果沒有最後感動，
那片肥沃土壤，
上帝所賜地產
毫無意義，
我疏忽的結果
要使用到我的才能。

我是誰？
Who Am I ?

我是書，
一直在閱讀的
書。
我從出生日起
就開始
閱讀。

我甚至不知道
早期的章節
構成
我生命的根源。

我的早期章節

不是我創作。

但今後

我自己負擔責任。

今天　第 *1* 首
Today, No. 1

　　只有你值得我付出精力。

　　只有你容許我做事。

　　只有你能抱緊我、感動我。

　　我只能抱緊要求你。

　　其他日子我做任何事

　　不是太早就是太晚。

　　所以今天，讓我承認你

　　作為我唯一黃金日！

今天　第 *2* 首
Today, No. 2

前天以前的日子

非常賢明。

前天

非常強壯。

昨天

非常機智。

而今天

知識不多

又忙著擔心

明天

還沒到來！

上帝，我們慈愛的造物主
GOD our Loving CREATOR

是誰創造這個地球？

是上帝創造這個地球。

從上帝的愛出現一男一女。

上帝用這個地球創造家庭。

上帝創造男女組成的家庭單位。

家庭單位是為了上帝的神聖目的，

生殖。

上帝宏偉設計，莊嚴的宇宙，

壯麗的地球

代表精確和完美，

代表敬畏上帝的權力。

在這上帝壯麗的地球上
擁有上帝宏偉的創造設計
上帝以愛和權力創造家庭單位,
上帝創造神聖的結合,
男女之間唯一聯盟。

這項上帝的宏偉設計,
家庭(母親和父親),
婚姻,我們男性和女性之間
才有的神聖結合,
神的創造必須保護,必須服從!

地球的居民，我們究竟是誰？
我們是造物主的孩子。
上帝的創造物，上帝是我們慈愛的造物主
我們應該愛並且服從！

要指責、譴責、拒絕毫無成效的死文化、惡文化
他與他反上帝聯盟，她與她反上帝聯盟。
是地獄界，是惡魔，是真正的邪惡。
殘酷的地獄之口會歡迎。

選擇上帝！選擇生命！選擇愛！
成為上帝創造的一部分。要
親上帝

親信仰

親家庭

親生命

隨時不惜一切代價！

顏色
Color

　　生活相當多彩。

　　大自然也是華麗多彩。

　　美麗顏色可供選擇

　　只對那些喜愛顏色的人。

　　我喜歡宣稱全部顏色是大自然所給。

　　我喜歡宣稱有全部顏色

　　以適應我所有不同的心情。

　　如果我只要求一種顏色

　　我會失去其他顏色。

　　我要擁有全部顏色。

　　我要擁有全部顏色

　　以適應我所有不同的心情。

我不想要只有一種顏色。
我想要超過彩虹的顏色。
我想要超過夕陽的顏色。
別激我選擇唯一顏色。
還是讓我選擇章魚的顏色吧。

章魚賦予最美麗的顏色。
不僅僅一種顏色。
是所有顏色放在一起。
超過所有顏色放在一起。
那是能夠感動你的顏色。
可以感動你的個性。

所以,我宣稱章魚的顏色
成為我最喜歡的顏色。

善良
Goodness

善良活在內心。
別人看到我善良
主要是用他們的眼睛。
別人看到我善良
主要是跟他們住在一起。
別人看到我善良
讓我遠遠感覺不到。

有意義的善良是
我能感覺到。
善良對我意味著
我內心能感覺到什麼。
別人看到我怎麼樣

可能對他們有些好處
對我也是一樣。
但我內心感到善良
對我或許對他們
都是不可或缺。

人生
Life

人生是一大片白色空間，
散布少數逗點，
無害的小黑點，
一直傷害我。
我一向只能看到黑暗。
已經眼盲太久啦。

已經眼盲太久啦
在步行中，
我背對太陽，
臉朝我的影子。
迄今只能看到黑暗，
那黑暗，是我造成的影子。

迄今只能看到黑暗，
那黑暗就是我的影子。
但我突然理解到
黑暗並不真實。
那只是影子，
影子而且空無。

人是可怕的生物
我也不例外。
但我厭倦於無所事事，
惱人影子的空無。
為了生活，我必須朝向太陽，
把影子放在所屬地方背後。

觀點
Points of View

有兩種觀點，

外在觀點

和

內在觀點

組成我的世界。

我活在多維度世界。

我活在多重期望之下。

自己以外，我還有很多裁判。

兩種觀點指導我航行。

而這些觀點

必須扮演適當角色。

我是法官，有檢察官和辯護人
在我眼前爭論。

外在彷彿是一面鏡子和指南
內在則必須看清楚以便自行裁決。

與月亮對話
Dialogue with Moon

你懸空在那裡俯瞰這裡，

眼睛睜開又閉上，

你是星星還是什麼，似乎不屬於任何地方？

你的眼睛懸空在那裡，俯視下方。

我懸高注視你。

我專心注視我的任務和責任。

我專心注視你在那邊下方的福祉。

我專心你的利益。

所以為了把事情做好，我挪動大海。

在我挪動時，正值漲潮，你可以到處航行。

在我挪動時,正值退潮,海洋變成陸地。
當潮退,海洋變成陸地,你可以隨意漫步。

我閉上眼睛時,不要提問。
我睜眼閉眼,正是漲潮退潮。
親愛的孩子們,漲潮退潮
正是你們生計所賴。

蝙蝠談論
Bats Talk

人類說蝙蝠是上下顛倒。
反而是他們自己上下顛倒，
如果他們不是上下顛倒的話
他們所見會正直。

他們說我們上下顛倒。
他們說我們被扭曲。
如果他們來這裡
能夠像我們這樣做嗎？

人類認為他們正直。
我們認為我們正直。
我們和他們同樣正直。
若我們變得像他們，就會上下顛倒。

彩虹
Rainbow

彩虹是雨之子。

彩虹是太陽之子。

彩虹保持微笑，立定。

彩虹立定注視時，保持微笑。

注視時，始終保持距離，很煩喔。

我們對彩虹之美感到訝異。

是因為恐懼或害羞使她疏遠避開嗎？

啊，我們看到彩虹是多麼興奮，

而她立定，有點浮動，保持微笑。

這位雨之子和太陽之子。

彩虹存在如此短暫。

僅僅幾滴雨就可以展現。

再多些雨滴，瞬間就消滅。

可惜，彩虹之美快速躲開讚賞。

這位雨之子，這位太陽之子。

夜晚
Night

夜晚呀，夜晚呀，你來啦。
你來啦，與你一起牽拉天空。
我有看沒有見到你，反而看見群星。
我有看沒有見到你，反而看見月亮。
我看透你到底是什麼？

你是黑暗，你來啦，你遮住我的眼睛。
雖然我是盲人，但我能聽到一切。
在我聆聽時，你是鳥的歌聲。
我閉上眼睛，夢想之門就開啟。
世界從各個方向進來漫遊。

我相當疑惑，連忙詢問。
天空如此精彩，如此充滿美景
為什麼屋頂要阻擋我的視線？
天空迎接我時，我看不見。
我也不能把夢想保留在身邊。

鉛筆
Pencil

我的任務是寫作。

當他們讓我在紙上奔跑時，

我寫下來變成理念。

我的發光二極體會褪色，但我的腳印是橋梁。

所以你們在橋上走向智慧之地。

當我的發光二極體耗盡而我不再存在時，

你們隨即就完全忘掉我。

請仔細看我的腳印，

你們的心都會讚美智者，無論他們在何處。

我身為使者，只是被你們所遺忘通往智慧的橋梁。

黑螞蟻
Black Ants

這些螞蟻正在直線前進。

這些螞蟻排列直走。

這些走路的螞蟻知道要去哪裡。

是什麼引擎在驅動這些螞蟻？

腳不會偏離直線嗎？

是什麼星星在引導這些螞蟻？

風吹，也不會迷失方向。

地球
Earth

這個圓地球是我們的土地。
用樹木裝飾得很美。
漂浮在上下和側面空間。
擁抱我們無數生命。
我們無數生命的名字是人。
所以它稱為人的土地。

這就是我們的土地,這美麗的地球。
確實如此,但我們的心卻專注在某處。
想要與天空物質混在一起。
忽略掉地球那雙充滿愛心的雙手。
我們是它的裝飾,我們是它的安慰。
沒有你和我,地球之美就不完整。

月亮壯麗，我們祖先所羨慕。
特庫德和妻子*很早很早以前就去過那裡。
但我，我凝望月亮，
問：「這個月亮
有樹、有海洋、有人嗎？」
然後感激讚歎令人敬畏的地球。

然後，我坐下來認同自己的看法。
我坐著，牢固我的根基。
我坐看空間。
「空間狹小，」我想，「沒有土地。
她的油燈很快就會熄滅，尚無處著陸。
而我多麼幸運，地球把我抱在膝上。」

* 據帛琉傳說,有一天晚上,特庫德(Tkud)的妻子抱著寶寶在屋外試圖讓寶寶停止哭泣。寶寶卻一直哭,母親就喊叫月亮:「月亮,月亮,快來抱你的寶寶吧。」月亮突然降落下來,強行要求帶走寶寶。特庫德和妻子無法說服月亮,就決定帶著寶寶一起前往月球。所以我們看到月球上有特庫德、他的妻子、寶寶,以及他們帶去的一棵檸檬樹。

成就
Achievement

我,成就,

正在等待你。

夥伴呀,危險

也在你路上。

你注定要走我的路。

來我這裡吧,有時間啦!

你們有些人已經走掉

趁還有時間。

在他們一生中

主要是注意危險。

他們的眼睛引導誤入歧途。

他們過度擔心危險。

所以沒能到達我。

注意危險喔。
一旦你意識到
這就夠啦。
意識會幫助你
避開危險的道路。
睜開你的眼睛看我
不要浪費能量
去擔心危險。
如果你循我的路走
一定會贏，
我會是你的。

人只能到達
他所見和瞄準。
請瞄準我，看著我
還有你的腿
要順路走。

愧疚
Guilt

愧疚和擔憂
是同一區域的
相反兩端。

這些是我最大的煩惱。
二者組成錯誤區域，
是我前往未來的道路上
佔錯的區域。

這些是我最大的煩惱。
浪費掉我的精力。
又解決不了任何問題。
卻擋住我的視線。

這些是紅燈
堵住未來的道路。
對過去愧疚無法改變什麼。
對未來擔憂則沒有意義。

讓我擺脫愧疚和擔憂。
今日此刻正是時候，
以消除黑暗的過去和
調理光明的未來。

讓我不要忽略今日
昨天將會找到其去處。
讓我不要延緩今日
明天就在路上。

讓今日除掉愧疚和擔憂。
只有今日連結過去和未來。

我
I

我就是我,你認識我嗎?
如果我是我
我是誰?
我是什麼?
我要去哪裡?
請幫助我認識自己。

他們給我取很多名字。
我稱呼我只有一個名字。
我叫我是我。
我存在。我是時間。
我是一段旅程。
請幫助我達成我的命運。

現在,你知道我是誰了嗎?
我存在,我被賦予特定的空間。
我是時間,所以我不能靜止。
我是一段旅程,我要去某個地方。
我緩慢有限的身體到達有限的空間。
我是概念,我是思想,所以我能到處旅行。

現在你知道我是什麼和我是誰。
如果我看不見,我就更渺小。
如果我聽不到,
如果我聞不到,
如果我摸不到,
因為這些是我的概念和思想的支柱。
我的概念和思想是我連接你的橋梁。

快樂和幸福是我的資財，
悲傷也是。
我的健康和聲望取決於我。
黑暗就在那邊，我知道。
但讓我看看光明。
光明向我透露你。
黑暗隱藏你。

去陽光下吧！
讓我們面向光明站立！
幫助我認識你，
讓我更認識自己！

交會
The Rendezvous

從芋田到技術田園

建立 21 世紀交會。

從芋田到技術田園

歷史重演。

在芋文化中，學習需要

熱心

協力

合作

相互依賴

等等

教育是家族事務。

在科技文化中,學習需要

熱心

協力

合作

相互依賴

等等

教育是家族事務。

從芋田到技術田園

建立 21 世紀太平洋家族令人驚嘆。

挺身張開雙臂

迎向太平洋家族科技文化。

教育更加是家族事務。

在這個世紀交會

必須共同努力。

這些都是不可否認的學習工具,

熱心

協力

合作

相互依賴

等等

為一切21世紀墾田作業。

第二子宮
Second Womb

我以為我已經誕生

一生就此一次。

但我正在經歷另一個子宮

也許比具有意識

還要更加困惑。

我在其中生活和成長

在這個所謂地球的行星上。

我坐下來沉思

正是為了以後生活

自己要有所準備。

讓死亡不再是死亡

而是產道,
我必須經此誕生。

這裡是子宮
與早期的那個
不同。
我死後的生活
取決於我和
我就在這裡做過什麼。

父母在遠方
住在這領域的
外面,

他們不應該

為我在那裡的福利

準備好一切嗎？

當我還是胎兒

在我母親子宮內的時候

她那時就為我提供好

現在仍然如此。

父母在以後的生活中

會關心我的福利嗎？

死後就是天堂或地獄。

我是聽說，也相信真的。

什麼母親會如此殘忍
不讓我吸食
神聖奶乳而讓我
永毀在地獄。

請告訴我，什麼是天堂
和什麼是上帝。
天堂和上帝
是完美而且善良。
在完美引力下
我分享上帝和天堂
正是這種力量
指導我道路。

這裡和以後的生命
是孕育系列的
段落，前往
上帝天國的樓梯。
輪迴把人淨化
而完美屬於上帝。

為人能夠輪迴
植物或動物
主張他們要分享
而上帝歡迎
人的部分
那是祂的呀。

如果有地獄的話
只要燒掉那些部分
那些是可燃性。
上帝會不會丟棄
人身上屬於祂的形象
決不可毀滅的部分？

自由
Freedom

美國，
這位巨人在釣魚
在稱為密克羅尼西亞
美國製魚池裡。

誰做事
不求回報？
誰做事
是基於絕對
利他原因？
每一次付出
總有回報
單向或另外方式。

美國所做所為

不只是

單向好處

不只是為了

密克羅尼西亞人。

美國想要什麼

不管是什麼

美國說的

密克羅尼西亞想的

只有美國知道。

人做事

一無是處。

人做事有原因
已知或未知。
即使
他們所做所為
只是一種遊戲
有人玩時
就是為了好玩，
還是會產生
若干回報
單向或
另外方式。

密克羅上鉤啦
被歷史回憶中
世界上已知
最大最強
民族的
最小
最弱魚鉤鉤住。

一群魚
就在那池塘裡。
美國需要
或者不需要
這群魚？

只有美國知道。
美國已經
投擲出魚鉤
銀色魚鉤
已經釣到魚
鉤到魚嘴。

密克羅尼西亞上鉤
是為了捕食
銀鉤上
一個小魚餌
因為貪吃
而且盲目

又無力。

做任何事

但求屈服和俯首

並且親吻那些

視這動作為

不文明的人雙手。

他們視這動作

不文明因為

他們只是憑自己

不文明的眼睛

看待。

而密克羅尼西亞
張開嘴
咬住魚鉤
也咬住魚餌。
而密克羅尼西亞
開心
吞下魚鉤
也吞下魚餌。

如今上鉤的密克羅
在鬥爭要求解放。
但或許達不到
因為不知道

如何讓自己嘴巴

脫鉤

並且卸除

強大巨人漁夫

掌握的

魚鉤。

或許漁夫

是唯一

知道怎麼樣

解開魚鉤

放上鉤的魚

自由。

對那些宣稱

要有重要服務

並且常常暗示他們

不可或缺地位的

美國人來說,

這是一種懇求

對他們來說

要帶著慎重思考

和受過教育的頭腦

以及文明的心

看待此事

才能明白密克羅尼西亞

真實的色彩。

對這些美國人來說

讓有限的眼光

有限的心思

弄清楚

他們才會明白

有一個密克羅尼西亞，

他們創造的密克羅尼西亞，

這個密克羅尼西亞

是窮究藝術的

傑出實例，

所謂

文明人

經由不文明之手

所創作。

這就是已上鉤的

密克羅尼西亞

放在池塘內，

是太平洋水族館。

這是曾經

被阻止吃漁夫

所提供

以外食物的

密克羅尼西亞

所以單靠漁夫願意

提供的食物

得以倖存。

這就是密克羅尼西亞，

被最強推手弄成癮,

為世界所共知。

那麼你是不可或缺的

美國

只因為你

已經把自己弄成這樣。

或許我是傻瓜

看到過

被信以為是文明的

頭燈

因有面值

而被拿走啦;

卻不知道

文明是

以不同的形狀

不同的肌理

為不同的原因蒞臨。

我的是圓形

而你的是方形。

我的很光滑

而你的有尖銳稜角

會造成嚴重傷害。

或許我懦弱，不過

你的魚餌很有吸引力

我又很好奇。

你鉤住我的嘴

無論多麼艱難

我努力爭取自由

沒辦法，為了本身自由

竟受傷啦。

只要以你的方式

抱住我

你就不可或缺。

你已經在我體內

移植新的心臟。

你已經把新的血液

輸血注入我的血管內。

我如何才能擺脫你?

你和我

正處於不歸路的

關鍵時點!

我的美人魚和

雄性人魚朋友呀

把你們的尾巴

浸入這水中,

在你們告訴我

如何在裡面游泳之前

自古以來,

我就一直在裡面游泳不停。

密克羅呀，美國製微小池塘，
坐落在世界最大水域，
太平洋。
密克羅立定
以不信任的眼光
凝望慷慨的提供者
並且用羨慕的眼光看
姊妹魚自由自在游來游去
吃缺乏的食物
是她們
在太平洋水域
周圍內
靠自己額頭汗水
所賺到的。

偉大的美國呀,
我們來妥協
既然我無法成為你
你也不能變成一條魚。
丟掉你的金鉤吧。
你真的不需要金鉤
來抓小我。
你既不需要抓我,
也不要抱住我。
但自從你抓到我
廢除我的價值觀以及
我變成寄生蟲的行事風格
都是你的責任。

任我們發展，就這樣吧，
沒有漁夫，而且
魚不是用來比賽的
我老是犧牲者
你是勝利者。
讓你和我
成為美人魚和雄性人魚
是玩伴而且公平競爭
尤其是為了我。
讓我活在活海裡
不在水族館內。
不要只是旁觀者
來和我一起游泳吧。

不敢試圖教我

如何在水中游泳

我已經活很多年啦。

跟我分享你的麵包吧。

但請讓我自己

放在我的嘴巴裡

因為這是我的版圖

我確實知道

如何處理。

所以美國呀

美麗的

強權的

偉大的

還有其他等等。

讓我們彼此

達成協議。

我們正在一同

朝未來旅行

我們已經旅行過

平靜而動盪的大海。

我們沒有一起進入其境。

你強加自己負擔

我被冒犯啦。

然而,所做所為

無法撤銷

因為你造成我

跟你一樣，我還在做

但是方式不同

不像你以前抱住我

那樣的方式。

把你從我奪走的

尾巴自行浸入水中。

來跟魚游泳吧。

如果你認為我們在此下方

又餓又溼又冷

單純給我們所要求的

適合我們嶄新的心

適合你的驕傲

並緩和你的衝動

一直到

你在此下方水中

經過一些時間

才知道溼

並非不愉快的事,

身在水中意味

不餓也不冷

並且顯然是不可能

在水中保持乾燥。

也許到那時

你會決定

你的建議

你的指示

你的智慧

你的價值觀

你的食譜

以及生命方程式

不完全勝任。

美國呀，

我們是你的

責任，不論

我們喜歡或不喜歡。

但事情不需要

觀望

他們走過的路。

放開我，讓我自由吧。

比賽結束啦

我的痛苦應該結束。

很難一下子

全部自由

但我或許仍然可以

借助你來達成

但不是迄今為止的

方式。

使你始終

能減輕那些

你判斷變窮的事務

那就太好啦。

作為朋友

同事

最重要的是

提供者

保留你的價值觀判斷。

但我確實討厭

有你

抱住我

你的方式

已經

在那懷孕

逾期且

燃燒中的

殖民地子宮內。

把我接生下來吧。

給我自由。

如你所願保持我

和你同樣的

那些權利。

從你的子宮

把我解放

迎接我

朝向新的黎明

我可以在此

轉世

並且能夠

以自由

精神

問候你

早安

美國！

關於詩人
About the Poet

　　賀瑪納・拉瑪瑞（Hermana Ramarui），帛琉女詩人，著有詩集《帛琉觀點》（1984年）。1970年獲關島大學英語學士學位，1973年夏天就讀夏威夷大學研究生課程。在帛琉教育部工作二十多年，參與帛琉研究課程的發展，並教英語和帛琉語。致力保護帛琉語言和文化，以及創設帛琉文化概況課程，和帛琉學校使用的帛琉正字法，得到異常成果。

關於譯者
About the Translator

　　李魁賢（Lee Kuei-shien, 1937-2025）。1953 年開始發表詩作，獲1967年優秀詩人獎、1975 年吳濁流新詩獎、1975 年中山技術發明獎、1976 年英國國際詩人學會傑出詩人獎、1978 年中興文藝獎章詩歌獎、1982 年義大利藝術大學文學傑出獎、1983 年比利時布魯塞爾市長金質獎章、1984 年笠詩評論獎、1986 年美國愛因斯坦國際學術基金會和平銅牌獎、1986 年巫永福評論獎、1993 年韓國亞洲詩人貢獻獎、1994 年笠詩創作獎、1997 年榮後台灣詩獎、1997 年印度國際詩人年度最佳詩人獎、2000 年印度國際詩人學會千禧年詩人獎、2001 年賴和文學獎、2001 年行政院文化獎、2002 年印度麥

氏學會（Michael Madhusudan Academy）詩人獎、2002 年台灣新文學貢獻獎、2004 年吳三連獎新詩獎、2004 年印度國際詩人亞洲之星獎、2005 年蒙古文化基金會文化名人獎牌和詩人獎章、2006 年蒙古建國八百週年成吉思汗金牌、成吉思汗大學金質獎章和蒙古作家聯盟推廣蒙古文學貢獻獎、2011 年真理大學台灣文學家牛津獎、2016 年孟加拉卡塔克文學獎（Kathak Literary Award）、2016 年馬其頓奈姆・弗拉謝里文學獎、2017 年秘魯特里爾塞金獎（Trilce de Oro）、2018 年國家文藝獎和秘魯金幟獎、2019 年印度首席傑出詩獎、 2020 年蒙特內哥羅（黑山）共和國文學翻譯協會文學翻譯獎、2020 年塞爾維亞「神草」文學藝術協會國際卓越詩藝一級騎士獎、2023 年美國李察・安吉禮紀念舞詩競賽第三獎。

　　詩被翻譯在日本、韓國、加拿大、紐西蘭、荷蘭、南斯拉夫、羅馬尼亞、印度、希臘、美國、西班牙、蒙古、古巴、智利、孟加拉、土耳其、馬其頓、塞爾維亞等國發表。參加過韓國、日本、印度、蒙古、薩爾瓦多、尼加拉瓜、古巴、智利、緬甸、孟加拉、馬其頓、秘魯、墨西哥等國舉辦之國際詩歌節。

　　出版有《李魁賢詩集》6 冊（2001年）、《李魁賢文集》10 冊（2002年）、《李魁賢譯詩集》8 冊（2003年）、《歐洲經典詩選》25 冊（2001~2005年）、《名流詩叢》54 冊（2010~2024年）等，合計共 221 種 291 冊。

　　2002 年、2004 年、2006 年三度被印度國際詩人團體提名為諾貝爾文學獎候選人。

語言文學類　PG3155　名流詩叢57

帛琉觀點
Palauan Perspectives

原　　　著 / 賀瑪納・拉瑪瑞（Hermana Ramarui）
譯　　　者 / 李魁賢（Lee Kuei-shien）
責 任 編 輯 / 吳霽恆
圖 文 排 版 / 黃莉珊
封 面 設 計 / 嚴若綾

發　行　人 / 宋政坤
法 律 顧 問 / 毛國樑　律師
出 版 發 行 / 秀威資訊科技股份有限公司
　　　　　　114台北市內湖區瑞光路76巷65號1樓
　　　　　　電話：+886-2-2796-3638　傳真：+886-2-2796-1377
　　　　　　http://www.showwe.com.tw
劃 撥 帳 號 / 19563868　戶名：秀威資訊科技股份有限公司
　　　　　　讀者服務信箱：service@showwe.com.tw
展 售 門 市 / 國家書店（松江門市）
　　　　　　104台北市中山區松江路209號1樓
　　　　　　電話：+886-2-2518-0207　傳真：+886-2-2518-0778
網 路 訂 購 / 秀威網路書店：https://store.showwe.tw
　　　　　　國家網路書店：https://www.govbooks.com.tw

2025年4月　BOD一版
定價：250元
版權所有　翻印必究
本書如有缺頁、破損或裝訂錯誤，請寄回更換

Copyright©2025 by Showwe Information Co., Ltd.
Printed in Taiwan
All Rights Reserved

讀者回函卡

國家圖書館出版品預行編目

帛琉觀點 / 賀瑪納.拉瑪瑞 (Hermana Ramarui) 著;李魁賢譯. -- 一版. -- 臺北市:秀威資訊科技股份有限公司, 2025.04
　　面；　　公分. -- (語言文學類 ; PG3155)(名流詩叢 ; 57)
BOD版
譯自 : Palauan perspectives.
ISBN 978-626-7511-72-5(平裝)

887.6951　　　　　　　　　　　　　　114002423